JN126371

私流で生きる。

一条沙世

２０２１年1月26日、
私は30歳になった。

Sayo Ichijo
Birthday event
2021. 01. 29, 30

Birthday cake

夜の世界はお水の世界。
水のようにお客さまは流れる。
水のように女の子も流れる。
人生もそう。
一分、一秒、時間は流れる。
一回きりの人生、
どんっと行って、思いっきし華を咲かせる。
輝こう、輝き続けよう。
誰にもかぶらない、誰にもマネできない、
私の流でいこう。

Chapter

はたらく

「働きに来ん？」
1歳上のいとこに声をかけられた。
「若いし、小遣い程度もらえたらいいや」
私は初めて夜の世界に足を踏み入れた。
まだ18歳、
右も左も、前も後ろも、水割りの作り方も、何もかも分からない。
でも、Lamban（ランバン）は働きやすかった。
友だちと一緒に働くのは楽しかった。
初めて給料をもらった時はうれしかった。
1年もしないうちに、店の看板になった。
その矢先、お店は閉じることに――。

いつかママになれたら……
意外に早くその日が来た。
先輩から新しく店を出すと声をかけられたのだ。
19歳でEternal（エターナル）のチーママになることに。
しかし、
そこも長くは続かず、1年経たずお店を閉めることになった。
経営って難しい。
大波、小波、ある波をそのつど越えなければならない。

またお店が変わった。
Snow Drop はママが情深い人で、働きやすかった。
この時、彼氏ができた、同じ地元の人。
「俺について来い」といった男らしさが見える男性だった。
半年くらい付き合って、結婚。
20歳になっていた。
すぐ妊娠がわかり、
夜の世界から身を引くことになった。

育児と家庭と――
ふつうの幸せに浸ることができた。
でもそれは、2年しか続かなかった。
離婚……。

23歳、子一人……。
シングルマザーの仲間入り。
どうする？
大切な家族、選ばれて生まれて来た大切な命、
この子を守って行くのは私しかいない。
弱音なんて吐けない。

以前からの友だちやお客さんと連絡を取り出した。

ある時、
一人のお客さんから声をかけられた。

「体験を活かしてやってみん？」

それが夜の世界に戻るきっかけとなった。

体験――と言っても、世界が違った。
摩天楼、そこはキャバクラ、これまでいたラウンジとは訳が違う。
基本のルールが〝1対1〟。
話がじっくりできる……これは私に合っている!
しかも、指名制で、ドリンク別料金。
お客さまは値段は張るが、逆に私たちには競争が生まれる。
それが、頑張りになる、やりがいになる。
この世界にハマった。
しかしまた、お店の方が続かず、閉店。

25歳になって、CAELA（カエラ）の一員に。
まだ25歳、もう25歳。
私はここで極める！

Chapter

あゆむ

「きれい」を意識したのはいつからだろう？
お化粧が好きになったのはどうしてだろう？
いつもお母さんは
「外に出て行く時はきれいにしていなさい」と言った。
だからだろうか？
それとも、「ageha」という雑誌を見ていたからだろうか？
雑誌ではお姉さん系が流行っていて、
私も自然とハデ目な感じになった。
きれい、に目覚めた。

Word

人と違うことをする

こうなったのは、なぜ？

思い起こせば、小さい頃からの想いのせい？
普通じゃイヤ、
人と一緒はイヤ。
有名になりたい！
芸能人になりたい！

中1の時、父が現場で倒れた。
脳梗塞——52歳の時だった。
今もマヒが残り、施設に入っている。
月に1、2度、会いに行く。

ルーズソックスが流行ってた。
中学校の時から、むちゃくちゃハデで、
髪を金髪に染めて、ケバケバで、ピアスもした。
キレイにこだわっていた。
お姉系にあこがれていた。

中学校の時、やんちゃなグループがいた。
そんな子たちはみな美意識が高かった。
他校の子とよく遊んだ。
上の学年の子が多かった。
その子たちもハデだった。

小6の時から付き合う彼がいた。
彼もやんちゃ。
学校からマチが近く、チャリでよく帯屋町に行った。
公園、マック、カラオケ、ゲーセン……

学校へたまにしか行かない、仲間とバイクを乗り回す、
プリクラやカラオケ、ガールズトークにも華を咲かせた。
そんな華が満開の14歳の時のこと、
やんちゃが昂《こう》じてしまった。
当然のように、鑑別所行きとなった。
「そんな悪いことをせんでも、もうえいろう」
お母さんはただ私を抱いてボロボロに泣いた。

鑑別所を1か月で出ると、保護観察が待っていた。
鑑別所も楽な生活とは言えなかったが、
保護司さんによる月1回の聞き取りも楽ではなかった。
でも、この間、
人の痛みを考えられるようになった、
自分の生き方を考えるようになった。
そして、学校へも行くようになった。

親は誰でも、高校には行ってほしいもの。
でも、「行かん」と私は言った。
勉強は好きじゃないけど、
小学校の時、ＫＵＭＯＮに行っていた。
中学校の時、英語は好きだった。
でも、学校に縛られたくない！

16歳の時、バイトをした。
喫茶店だった。
コーヒーを運んだり、おしぼりを洗ったり。
それは8時から5時まで立ち仕事。
ムリや、合ってない……
3日で辞めた。
やってみて、初めて分かることがある。

ちょうど18歳の時、テレビで「女帝」を見た。
スナックを営む母と暮らす彩香役の加藤ローサ。
総理の父に助けられはするんだけど
女帝を目指し、銀座へ、そしてママに。
どんなに策略されてもいじめを受けても、夜の世界でのし上がる。
見てないようで見ていてくれる人、分かってくれる人が必ずいる。
そのことに目が覚めた。
とにかく上を向くんだ！

以来、私はポジティブになった。
どんなネガティブなこともポジティブに切り替える。
イヤなことがあれば、
乗り越えるためにキターッと思うし、
根も葉もない噂をされても、
乗り越えられるからキターッと思うだけ。
この世界、叩かれることは付き物だから。

Chapter

いどむ

CAELA――そこは、
全国にチェーンを展開するお店、いわば大手の会社。
銀座を目指せるじゃないか!?

でも私は、高知が好き。
人は少ないし、ご飯はおいしいし。
だから、よけいにそう思う。
高知で一番の店で働こう!!

人生には必ずきっかけがある。
チャンスを逃すか逃さないか。
目の前のいろんなことを吸収する。
だから、自分は自分と向き合う。
自分を変える、変えようとする。

それから私は売れていく。

努力し続ける。
前を向く、前に進む。
進まない人は、必ず退きになる。
退かざる人は、必ず進む。

Word

笑顔、ハッピーを届ける

笑顔、ハッピーを届けるには、
自分がいつも、明るく、元気で、笑顔で、ハッピーでないといけない。
お客さまがリラックスし、楽しみ、
また来るね、って気持ちになってもらうのが一番。
それは、自分がキレイな気持ちでいないとできないこと。

全ては行動から。
日頃の行いの積み重ね。
結果がすべて、
努力は裏切らない。

お金も大事だけど
お金はお金だけ見たら
お金は逃げる。

お客さまにお金を使わそうとしてはいけない。

収入より収知。
原点があるから頂点へ行ける。
原点があればもとへ戻れる。
まずは原点をつくる。

Word

一人ひとりがいろんな思いを持っている

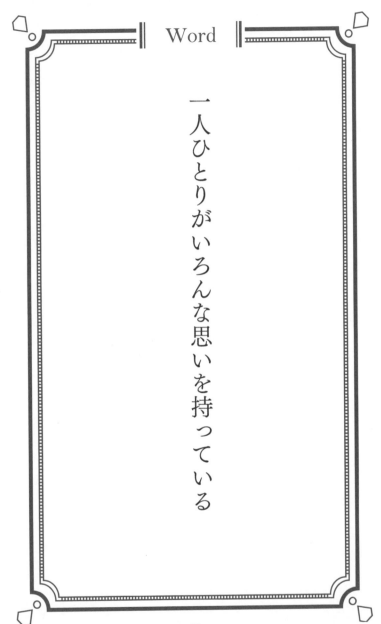

一人ひとりが違う種《たね》を持っている。
その花を咲かせることだけに一生懸命になれば
花は咲く。
小さな花、大きな花、
でもそれは、世界に一つだけの花。

Chapter

キャバ嬢

接客業の基本を大事に。
積み重ね、積み重ね、少しずつ大きくなっていく。
苦しい、辛い、を越えた時、晴れが待っている。

お客さまに、先から先まで、気遣いも忘れない。
空気を読むのも大事。
しゃべり方も気をつけながら。
お客さまによって最初は敬語からのこともあれば
年齢に関わらずタメ語で合わせていくことも……。

Word

一人ひとり何ができるかどうか

働きやすいお店であってほしい。
新人の女の子が入店した時も
仕事中にヘルプの女の子が入った時も
お客さまに気遣いするのと同じ。
女の子やスタッフに気遣いすること。

Word

営業をかけない

日頃、営業はかけないし、基本しない。
唯一営業する時は、
自分のバースデーイベントの月とイベントの時だけ。
私にしかない接客をしていたら、お客さまは来たい時に来る。
営業しなくても、自然と足を運ばれる。

Word

200パーセントの接客と気持ちで返す

お客さまが時間をかけて来てくれる、
お客さまが指名をしてくれてる、
そのことに200パーセントの気持ちと感謝で返すこと。
いろいろな思いで来てくれるお客さまに、
自分の接客で何ができるかどうかを考えること。
何ができるかどうかをとは、色恋とかナシで、人として。
夜の世界には色恋、枕などあるが、
色恋、枕では、自分も、お客さまも、根から幸せにはなれない。
200パーセントの気持ちで、全力の接客でいかなっ！

Word

営業をかけるのは
私のバースデーイベントだけ

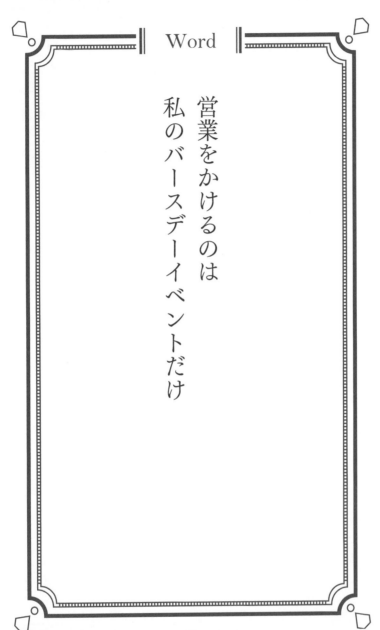

バースデーイベントは、
お客さま、スタッフの皆さま、キャストの皆さまの
協力なしでは成功させることはできない。
バースデーイベントも日々の自分の指名の席でも、
ヘルプのキャストの皆さまにも感謝をする。
感謝とは謙虚になること。

柔沙世様へ
CAELAの伝説の女帝!
SAYO

嘘はつかん。
嘘はきらい。
嘘をつく接客なんて、私にはないし、できんし。
ありのままの私、自分。
何でもサバサバに、ストレートに、
素のままでいきたいから素でいく。

夜の世界には、夜の世界にしかない苦しみと喜びがある。
気力、モチベーション……波もあるけど継続することが大事。
近道も、遠道もない、まっすぐの道。
全力で行く。

笑顔、ハッピーを届けるには、
自分がいつも、明るく、元気で、笑顔で、ハッピーでないといけない。
お客さまがリラックスし、楽しみ、
また来るね、って気持ちになってもらうのが一番。
それは、自分がキレイな気持ちでいないとできないこと。

SAYO ICHIJO
MOET

夜の世界に偏見はない。
私は夜の世界を誇りに思う
この仕事を誇りに思う。

Word

お客さまは、
来たい時に足を運ぶもの

男女で来られるお客さまに対して、
どちらのお客さまにも気配りを。
挨拶も一人ひとりに。

岡本武範　カエラ高知店長

仕事場では、お客さまから、キャストの皆さまから、
いつも見られている。
お客さまによって態度を変えない。
全てのお客さま、みんなに同じ接客を。
今の私が、今の一条 沙世があるのは、
お客さま一人ひとりが私を育ててくれたから。

DEVA
BIG ECHO

仕事を休むのはキライ。
今年はコロナウイルスが世界的に広がり、
大変だった日もあれば、早上がりの日もあった。
苦しんでいるのはみんな一緒やから、
「疲れた、しんどい」は、ふだんの日も言わない。

Word

初心の気持ちをいつまでも

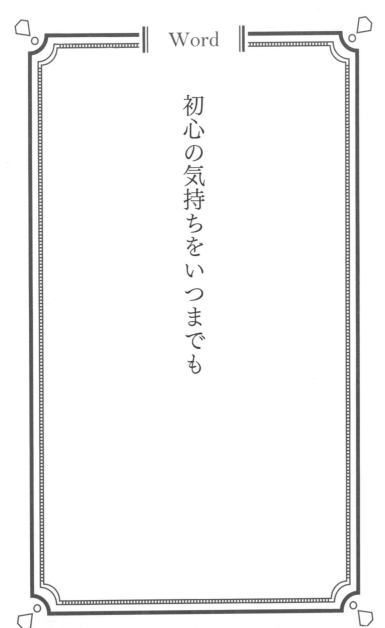

お客様が帰られる時は、
見えなくなるまでお見送りすること。
お見送りする時も、笑顔、笑顔。

豊かになるのは簡単にはできない。
もし豊かになっても、最初の初心の気持ちを忘れずに。

お客さまがテーブルに着いた時、自分がテーブルに着いた時、
テーブル、グラス、おしぼり……、
お客さまがお手洗いに行かれる時も気遣いすること。
グラスを拭く、お酒を作る……
キャバ嬢としてのいろいろなマナーがある。

Word

色恋はしない、色恋は断る

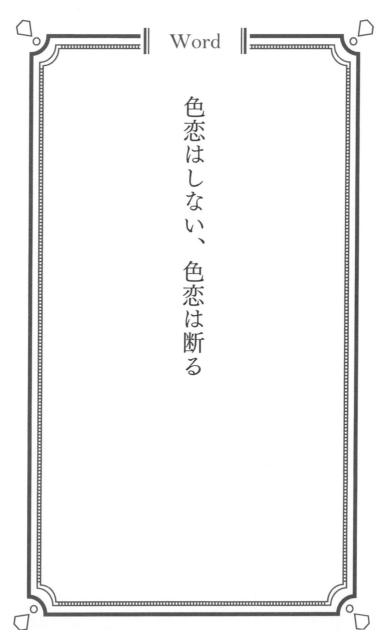

お酒を注ぐ時や作る時は、
　ラベルをお客さまの方に向ける。
乾杯する時は、
　両手でグラスを持ち、お客さまよりも下にして乾杯する。
飲む時は、
　必ず「いただきます」と一言添えること。

お客さまは十人十色。
寒い、暑い、冷たい、温かい……、
身につけている物、例えばネクタイだったりハンカチだったり、
その人の好きな色やブランドや、
お客さまのすべてを覚えること。

Word

ダイヤモンドも強い圧力がかかるから生まれる

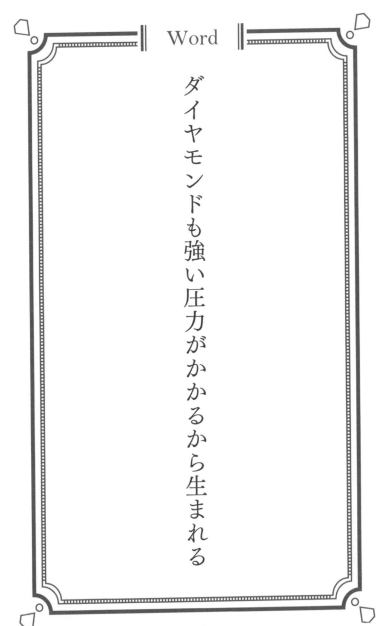

人気なキャバ嬢は、インターネットで叩かれるけど、
叩くってことは気になるから叩くんやろうし。
叩く人が叩くことによってストレス発散できてるんなら
それでいいんじゃないかなって思う。
叩かれても、それぐらい注目されてるってことやき、えいって思う。
私の接客は私にしかない私流やき、誰にもマネができんと思う。

カエラ高知・蓮井英樹さんから、
カエラ高知のキャバ嬢として、お手本になる存在になってほしい、
一条 沙世というキャバ嬢としてのブランド名を守り抜け！
と言われた。
一条 沙世というキャバ嬢として
この店としての顔となり、
みんなからのお手本となる。

外から見る夜の世界は、キラキラして、輝いている。
内から見るお水の世界は、不公平で、不平等の世界でもある。
でも、だからこそ、
夢のある世界である。
大きな夢や野心が叶えられる世界である。

Word

感謝の気持ちを忘れずに

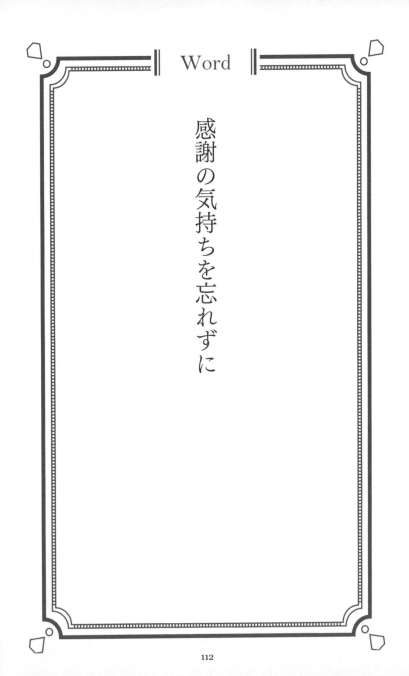

私は、お水の世界に入ったことを1ミリも後悔していない。
いろいろなことを学べ、経験でき、本当に感謝の気持ちでいっぱい。
この世界で自信がつき、自信がつくと人より輝くことを知った。
これからも輝いていこう！
応援してくれる人たちのためにも、自分のためにも、
もっと輝きたい☆

コロナが広がった時
このお水の世界しかない、と思った。
私がこの仕事をして一番うれしいのは、
「楽しかった、ありがとう、また来るね」
と言われること。
私から「ありがとう」を伝えなくてはならないのに、
逆にそう言ってくれるお客さまがいるんです。
そんな方に満足して帰ってもらうため、
できることからやっていく。

一流は一流。
二流は二流、三流は三流。
一条沙世に、二流、三流はない。
二流より、三流より、一流や。
一流は一流でいけ!!

ナンバーワンよりオンリーワン。
人生には2つの道がある。
1つは、「成功」というゴールにたどり着くことが可能な道。
もう1つは、いくつ乗り越えてもどの道も行き止まりや一方通行の道。
行き止まりや一方通行の時は、
いったん止まり、戻って、成功のルートを行くように……
成功のルートをすすんで☆
Shining Forever/// 永遠に輝く

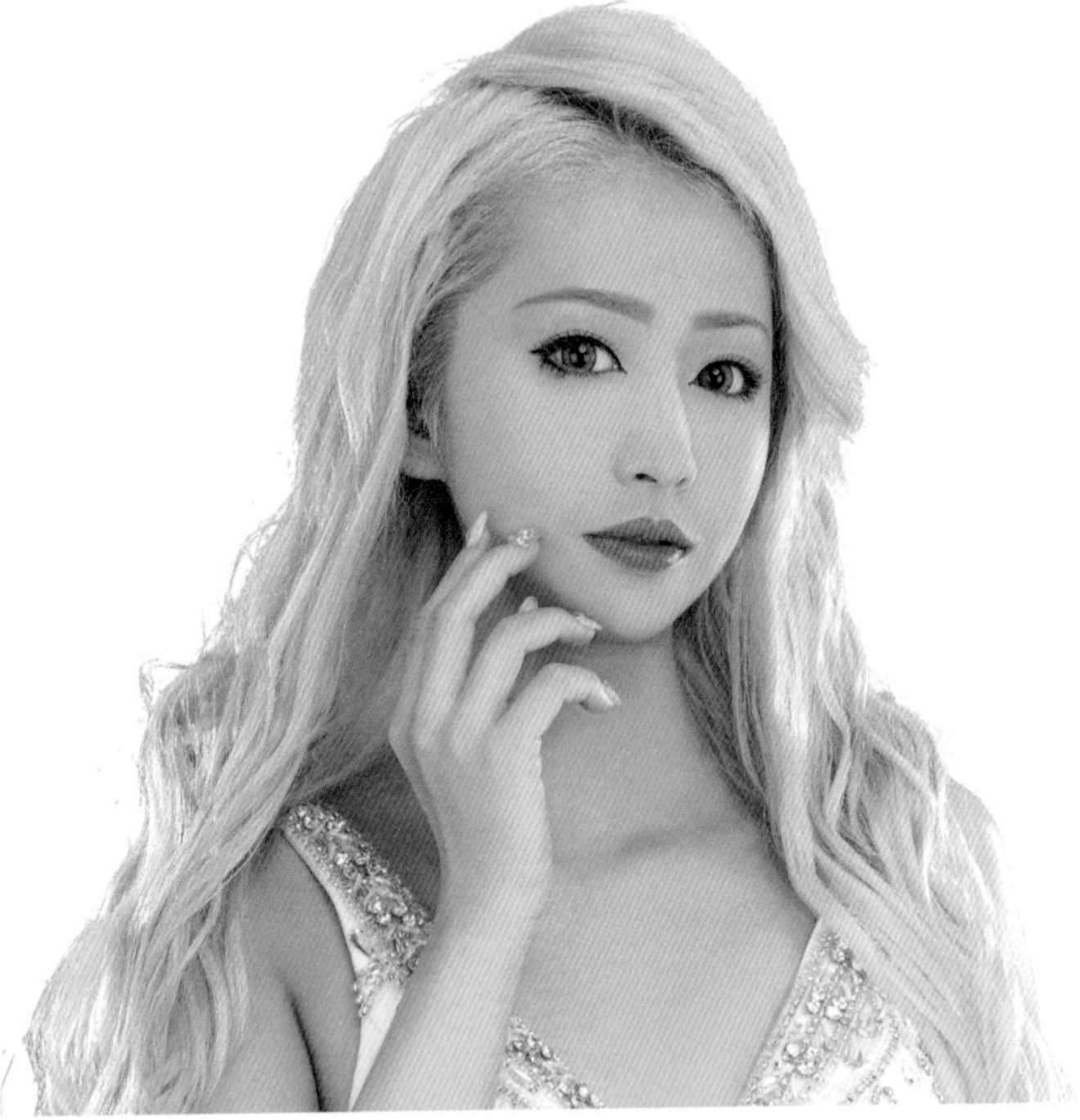

30歳という節目を前に考えた。

「高知で自分なりに成功したし、やり切った」

「日本一の街・歌舞伎町に出て、日本一に挑戦しよう」

「自分の店を持ちたい！」

その時、私が一番あこがれ、尊敬し、感謝している人から言われた。

「東京へ行って成功するとは限らない」

「この6年間、自分が作ってきた道をムダにするな」

「今が節目、高知で自分の道を切り拓け！」

この言葉で決めた。

一条沙世

人生、１回きり！
自分で作ってきたストーリーを自分で作り続けていこう！
その道をカエラで切り拓く！

おわりに

2021年、わたしは30歳になる。

30歳は30歳の楽しみ方で人生を楽しみ、人生を進む。

節目の時、また新たな目標ができ、その目標に向かって進んでいく。

遅いようで早い、時の流れ。5年後から、7年後から、10年後、
人生というのは、絶対にどんなことがあってもあきらめないこと。

あきらめたらそこまでや。進み続けていくことや。

そして、ネガティブよりポシティブ。

ネガティブでも、ネガティブなことがきても、すべてをポシティブに考え、すべてをポシティブにもっていく、ポシティブにしていく。

ネガティブなことがきたら、あっ、私には、これ、ポシティブにできることしかできんことがキター！！みたいなっっっ
わたしは、節目で決めた。これからもお水の世界で生きていく、と心から決めて、お水の世界を誇りに思い、お水の世界で生きていきます。

そして、お客さま、カエラのスタッフの皆さま、カエラのキャストの皆さま、感謝の気持ちでいっぱいで、これからも皆さまに感謝を。


この本を手に取っていただき、本当にありがとうございました。

高知キャバ嬢
CAELA　一条沙世

一条沙世、わたしには「3月」へのこだわりがある。かつて3月1日、いとこのお母さんが交通事故で亡くなった。3月10日は、私が離婚した日。今思えば、この離婚があったから腹をくくれた、今日まで頑張れた。心傷つくことは必ずその人の人生を強くする。

私流に生きる。～高知で一番輝くキャバ嬢～
発行日：2021年3月31日 ／ 著者：一条 沙世 ／ 発行：南の風社
〒780-8040　高知市神田東赤坂2607-72
TEL：088-834-1488　URL：http://minaminokaze.co.jp/